LE HAUT ENSEIGNEMENT

HISTORIQUE ET PHILOLOGIQUE

EN FRANCE

PAR

GASTON PARIS

MEMBRE DE L'INSTITUT

PARIS

LIBRAIRIE UNIVERSITAIRE

H. WELTER, ÉDITEUR

59, RUE BONAPARTE, 59

1894

(15)

	Prix fort.	Prix net.
1 Adam de Saint-Victor. Œuvres poétiques, publ. p. Léon Gautier. 2 vol. In-16. 1858	12 »	5 »
2 Analecta liturgica, publ. par Weale et Misset. 8 vol. in-4, 1888-94	75 »	60 »
3 Aruch completum, sive lexicon, vucabula et res, quæ in libris Targumicis, Talmudicis et Midraschicis continentur, illustr. et ed. Dr A. Kohut. 10 vol. in-4. 1878-92	200 »	60 »
4 Beaufort. Dissertation sur l'incertitude des 5 prem. siècles de l'hist. rom. In-8. 1866	15 »	1 50
5 Belfort. Archives (Cartulaire) de la Maison-Dieu de Châteaudun. 1881	10 »	2 »
6 Bladé (J.-F.). Epigraphie de la Gascogne. 1885.	7 50	4 »
7 De Bury. Philobiblion, ou de l'amour des livres. Trad. fr. pr. Cocheris. 1856	12 »	4 »
8 Charles d'Orléans. Poésies, publ. par Champollion-Figeac. In-8. 1848	15 »	4 »
9 Coffinet et Baudot. Armorial des Evêques de Troyes et de Dijon, avec 53 blasons. In-4, 1869.	6 »	3 »
10 Costa de Beauregard. Les habitations lacustres du lac du Bourget. In-4. 1870	5 »	3 »
11 Estienne (Henri). Deux dialogues du nouveau langage français italianizé (1578). Réimpression, publ. par A. Bonneau, 2 vol. in-8, sur Hollande. 1883	25 »	5 »
12 Foulché-Delbosc. Grammaire espagnole complète. 2e éd. 1889, brochée	4 »	2 »
13 Harrisse (H.). Excerpta Colombiniana. Bibliographie de 400 pièces gothiques du commencement du 16e siècle. In-8, avec fac-similés et planches. 1887	35 »	20 »
14 — Notes pour servir à l'histoire, la bibliographie et la cartographie de la Nouvelle-France (Canada). In-8, sur papier de Hollande. 1872	30 »	12 »
15 — History of the Discovery of North America. With a Cartographia Americana Vetustissima. In-4, avec 23 pl. 1892. Reliure anglaise, tête dorée, non rog. (presque épuisé)	150 »	150 »
16 D'Hérisson (le Cte). Relation d'une mission archéolog. en Tunisie. In-4, avec 9 pl. 1881.	25 »	8 »

EXTRAIT DU CATALOGUE

		Prix fort.	Prix net.
17	**Journal des savants**. Table générale, par Cocheris. In-4. 1861	25 »	8 »
18	**De Laborde** (le Comte). Athènes. Gr. in-8, avec planches. 1851. *Très rare*		10 »
19	**Lajard** (F.). Rech. sur le culte du cyprès pyramidal chez les peuples civilisés de l'antiquité. In-4, avec atlas de 21 pl. in-fol. 1854	50 »	30 »
20	**Lot** (F.). L'Enseignement snpérieur en France. In-16. 1892		2 »
21	**Lydus**. De ostentis, de mensibus, etc. Græce ed., et lat. vertit C. B. Hase. 1823	21 »	8 »
22	**Maze**. Poteries et faïences. Avec marques et monogr. In-4. 1870	7 50	2 »
23	**[Molière]**. Les intrigues de Molière et celles de sa femme. Préf. et notes p. Livet. 1877	12 »	3 »
24	— Les points obscurs de la vie de Molière, par Loiseleur. 1877	12 »	3 »
25 *bis*	**Mystère de la Passion**, p. Arnoul Gréban, p. p. Paris et Raynaud. Gr. in-8. 1878	25 »	5 »
26	**Perrot et Chipiez**. Le Temple de Jérusalem. In-fol., av. 12 gr. pl. En carton. 1880	100 »	48 »
27	**Pétrarque**. Sonnets, trad., av. introd. p. Philibert-le-Duc. 2 vol. in-8 av. 2 portr. 1877	16 »	5 »
28	**Poésies gasconnes**, recueill. et publ. p. A. Tross. 2 vol. gr. in-8 sur *Hollande*. 1867-69	60 »	10 »
29	**Ponton d'Amécourt**. Vie de Ste Geneviève, St Acalard, St Oyen. In-4. 1870	6 »	2 »
30	**Rablet** (E.). Le patois de Bourberain (Côte-d'Or). 2 vol. in-8. 1890-91	10 »	4 »
31	**Reboud**. Recueil d'inscriptions lybico-berbéres, av. 25 pl. et carte. In-4. 1870	12 »	4 »
32	**Sagard**. Le grand voyage au pays des Hurons, avec le dict. 2 vol. in-8, pap. *Holl*. 1868	50 »	25 »
33	**Salzmann**. Jérusalem. Pet. in-fol., av. 40 planches. 1856	150 »	50 »
34	**Saulcy (de)**, Voyage autour de la mer Morte. Texte (2 vol. in-8) et atlas in-4 de 71 pl. 1853	186 »	48 »
35	**Schilling**. Grammaire complète espagnole. Gr. in-8, av. clef des exercices, 2 vol. 1888	7 »	8 50
36	**Mas Latrie**. Trésor de chronologie. In-fol. 1889.	100 »	50 »
37	**Gautier (Léon)**. Les Epopées françaises. 2ᵉ édit. 4 vol. gr. in-8, 1878-94		80 »

		Prix fort.	P...
38	**Caesar.** Texte latin, édité avec notes et comment. par *Dubner.* 2 vol. in-4. 1867	40 »	
39	**Lacurne.** Dictionnaire hist. de l'ancien langage français. 10 vol. in-4. 1878-83 (par 5 exemplaires à 40 fr. net, par 10 exemplaires à 35 fr. net).	200 »	6.
40	**Revue des Questions historiques.** 1866-88 et tables, 46 vol.	460 »	200
41	**Annuaire de la Société française de Numismatique.** 1866-91, av. les comptes-rendus, 21 vol. in-8. nomb. planches.	630 »	150
42	**Revue des patois gallo-romans.** Coll. complète. 1887-1893.	105 »	50
43	**Gazette anecdotique.** Collection complète. 1876-91. 32 vol.	288 »	88
44	**Recueil des Historiens des Gaules.** 23 vol. fol. 1869-94.	1150 »	575
45	**Du Cange.** Glossarium latinitatis. 10 vol. in-4. 1883-87, papier fort.	400 »	200
46	**Leblois.** Les Bibles. 7 vol. in-8 avec planches et gravures. 1883-89.	70 »	20
47	**Meyer Lübke.** Grammaire des langues romanes. Tome I : Phonétique. In-8. 1890		20
	Sous presse le Tome II : Morphologie. 1894.		20
48	**Amiaud et Scheil.** Les Inscriptions de Salmanasar II, roi d'Assyrie. In-8. 1890.		12 50
49	**Scheil.** Inscription assyrienne de Samsi-Ramman IV, roi d'Assyrie. In-4. 1889.		8
50	**Koerting.** Dictionnaire latin-roman. Gr. in-8 à 2 col. 1891		27 50
51	**Catalogue des Incunables de la Bibliothèque Mazarine.** par Paul MARAIS et A. DUFRESNE de SAINT-LÉON. Fort vol. gr. in-8, de 824 pages. 1893.		40
52	**Koschwitz (E).** Les parlers parisiens. Anthologie phonétique. In-8, relié. 1893		4 50
53	**Amelineau (E.).** Géographie de l'Egypte à l'époque copte. In-8. 1893.		35
54	**Behrens (D.).** Bibliographie des patois gallo-romans. In-8. 1893.		7 50

Imp. G. Saint-Aubin et Thevenot, St-Dizier (Hte-Marne), 30, passage Verdeau, Paris.

LE HAUT ENSEIGNEMENT

HISTORIQUE ET PHILOLOGIQUE

EN FRANCE

LE HAUT ENSEIGNEMENT

HISTORIQUE ET PHILOLOGIQUE

EN FRANCE

PAR

GASTON PARIS

MEMBRE DE L'INSTITUT

PARIS

LIBRAIRIE UNIVERSITAIRE

H. WELTER, ÉDITEUR

59, RUE BONAPARTE, 59.

1894

AVANT-PROPOS

Les articles que je reproduis dans cette brochure avaient été écrits, à propos du livre de M. Lot, au mois de septembre 1892 ; par suite de diverses circonstances, ils n'ont été insérés dans le *Journal des Débats* qu'un an après (édition du matin, 15 septembre, 24 septembre et 8 octobre 1893). Ils ont provoqué une très courtoise et très intéressante réponse de M. E. Lavisse, que je donne dans l'*Appendice* avec quelques observations. Ils ont également servi d'occasion à quelques passages du remarquable discours que M. Petit de Julleville, « directeur d'études pour les lettres », a prononcé, le 6 novembre, à la séance de réouverture des conférences de la Faculté des lettres (voyez *Revue internationale de l'Enseignement,* n° du 15 novembre 1893). Je ne puis qu'applaudir à l'esprit comme aux termes de ce discours et je souhaite vivement qu'il ait tout l'effet qu'il peut avoir sur les auditeurs de toutes catégories auxquels il s'adressait : la substitution, dans les épreuves de l'agrégation, d'un travail fait à loisir sur un sujet librement choisi à une improvisation sur un thème tiré au sort donnerait satisfaction à un des vœux les plus sensés de **M. Lot** et ne pourrait qu'avoir une très salutaire influence sur la direction des travaux des « étudiants ès lettres ». M. Petit de Julleville trouve qu'il est contradictoire de reprocher aux Facultés d'il y a trente ans d'avoir eu un enseignement presque purement oratoire et à celles d'aujourd'hui d'avoir un enseignement presque purement scolaire ; je ne vois pas quant à moi de contradiction entre ces deux reproches : ni l'un ni l'autre de ces systèmes ne constitue un enseignement supérieur au vrai sens du mot. Mais je serais très fâché qu'on m'accusât de méconnaître et les intentions excellentes de ceux qui dirigent aujourd'hui nos Facultés des lettres et les résultats fort appréciables qu'ils ont déjà obtenus. Les critiques qu'on adresse à toute l'organisation de notre haut enseignement ne tombent pas sur eux : ils reconnaissaient qu'ils sont retenus par des entraves dont il ne dépend pas d'eux de se dégager ; ils sont unanimes à blâmer un système d'examens qui finira bien par succomber à des attaques si autorisées, à reconnaître que l'insuffisance de l'enseignement secondaire paralyse l'enseignement supérieur (1), à proclamer que les universités allemandes

(1) « Tous nos efforts ont ce but [donner aux étudiants l'habitude et le goût du travail personnel], et si les lacunes de votre éducation première vous préparent mal à l'atteindre, nous ne nous lasserons pas d'essayer de les combler » (*Revue internationale*, p. 392).

accomplissent beaucoup mieux que nos Facultés (dans l'ordre des études historiques et philologiques) la double mission qui leur incombe de faire avancer la science et de former à la fois des maîtres et des savants. Ils sentent donc tous le mal et l'avouent franchement ; ils sont moins d'accord et entre eux et avec nous sur les remèdes ; mais il est permis d'espérer qu'ils en viendront peu à peu à les chercher où il nous semble qu'ils sont. Ces remèdes suffiront-ils ? Bons pour la maladie locale à laquelle nous voudrions es voir appliqués, ils seront certainement inefficaces si le corps entier dont il s'agit de fortifier un organe est atteint de cachexie ou en voie de subir une transformation qui voue cet organe à l'atrophie. L'avenir décidera de ces grandes questions ; nous aurons du moins fait notre devoir en disant tout haut ce qui nous semble la vérité, et ceux même qui ne sont pas libres de penser comme nous sur tous les points ou qui n'y sont pas disposés ne pourront nous savoir mauvais gré d'avoir exposé des idées qui ont pour point de départ et pour unique inspiration l'amour de la science et de la haute culture et le souci passionné du progrès intellectuel et moral de notre pays.

Paris, 28 *novembre* 1893.

LE HAUT ENSEIGNEMENT
HISTORIQUE & PHILOLOGIQUE
EN FRANCE [1]

Un jeune savant qui a conquis d'emblée un des premiers rangs parmi nos historiens érudits (2), M. Ferdinand Lot, vient de publier un volume intitulé : *l'Enseignement supérieur en France, ce qu'il est, ce qu'il devrait être*, qui mérite, à coup sûr, l'attention de tous ceux qui s'intéressent à cette question capitale de notre vie intellectuelle. M. Lot est visiblement d'un tempérament belliqueux et même quelque peu agressif ; il pousse la sincérité jusqu'à la rudesse, la franchise jusqu'à la brutalité. Il a d'ailleurs les convictions entières, les haines vigoureuses et aussi les grandes espérances de la jeunesse. Je ne puis m'empêcher, en lisant son livre, de me rappeler ce que je pensais, ce que j'é-

(1) *L'enseignement supérieur en France, ce qu'il est, ce qu'il devrait être*, par Ferdinand Lot. Paris, Welter, 1892, in-12.

(2) M. Lot a obtenu en 1892, à l'Académie des Inscriptions et Belles-Lettres, le second prix Gobert pour un livre d'une haute valeur sur *les Derniers Carolingiens*.

1.

crivais aussi, il y a une trentaine d'années, lorsque, revenu de Gœttingen, et ne connaissant, en fait d'enseignement supérieur, que celui des universités allemandes, je me vis en face de celui qu'on donnait alors dans nos Facultés des lettres.

Nous nous trouvâmes bientôt quelques-uns à avoir fait la même douleureuse expérience, et nous commençâmes à mener contre le haut enseignement universitaire une vive campagne, dans laquelle nous eûmes pour illustre auxiliaire le grand penseur et le grand savant que la France a perdu l'an dernier (1). Pendant plusieurs années, nous sonnâmes avec confiance de la trompette autour des murailles de Jéricho... mais les murailles ne tombèrent pas, et peu à peu les assiégeants se dispersèrent ou se turent. Toutefois, nos efforts ne furent pas absolument stériles : c'est en écoutant la voix des plus autorisés parmi nous, — notamment de M. Michel Bréal (2), — que M. Duruy con-

---

(1) Voyez dans les *Questions contemporaines* de M. Renan l'admirable article sur *l'Enseignement supérieur en France*.

(2) Celui qu'il faut surtout mentionner, et dont on ne louera jamais assez, en cette occasion, le discernement et l'initiative, c'est le vénéré Léon Renier. Ce savant éminent, qui était un autodidacte, comprit mieux que personne l'utilité de l'enseignement des méthodes ; cet ancien professeur de collége, qui ne savait pas l'allemand, fut le plus décidé à faire d'une connaissance sérieuse de l'allemand la condition indispensable de l'admission à l'École. L'École profita de l'amitié qu'avait pour lui l'empereur Napoléon III, qu'il avait beaucoup aidé pour sa *Vie de César*. Sa bonhomie paternelle et familière, sa joie de se voir entouré d'une jeunesse studieuse et passionnée, sa douce malice à l'endroit de l'ignorance et de la routine, ont donné aux premières années de l'École, dont

çut l'idée de l'Ecole pratique des hautes Etudes, la meilleure qu'on ait eue ou du moins qu'on ait réalisée en ce siècle dans l'ordre de choses qui nous occupe. Cette idée, à vrai dire, semblait un peu en contradiction avec celle qui nous tenait alors le plus au cœur : la création d'universités où seraient rassemblées toutes les variétés de l'enseignement supérieur, et où la science pure, la préparation aux carrières libérales, la haute culture de l'esprit, seraient intimement unies, les deux dernières d'ailleurs dominées et dirigées par la première. Nous avions très bien vu, — cela crève les yeux, — que l'un des plus grands obstacles à l'existence en France de grandes universités est dans les écoles spéciales, et à nos attaques on répondait : « Ah ! que vous avez raison ! Nous allons vous donner satisfaction en créant, pour vous, une nouvelle école spéciale. » C'était pourtant la seule chose à faire à ce moment, l'essai antérieur, tenté par le même ministre, de cours libres analogues à ceux des *Privat-Docenten* (1) ayant, pour diverses raisons, assez mal réussi. L'Ecole des hautes Etudes (je ne parle jamais que de la section des sciences historiques et philologiques) n'avait d'ailleurs d'une école spéciale que l'apparence : elle ne préparait à aucune carrière, n'avait ni ordre fixe ni programme limité, et ne trouvait son unité que dans sa tendance purement scientifique et

il fut quinze ans le président, un caractère inoubliable pour ceux qui l'ont connu.

(1) Les cours libres de la rue Gerson, qui n'eurent qu'une existence éphémère.

dans le but commun de toutes les « conférences »
qui la composaient : l'initiation aux méthodes rigou-
reuses de l'histoire et de la philologie, telle qu'elle se
pratiquait en Allemagne. Le créateur de cette Ecole
n'a eu qu'à s'applaudir de l'avoir fondée ; elle n'a pas
seulement fourni un centre et un foyer d'activité à un
certain nombre d'hommes jeunes et zélés, tous imbus
du même esprit, et qui auraient difficilement trouvé
une place ailleurs ; elle n'a pas eu seulement le mérite
d'inaugurer l'enseignement familier et pratique des
hautes branches de l'histoire et de la philologie, et de
former ainsi, depuis vingt-cinq ans, la plupart des
adeptes, trop rares, qui entretiennent chez nous le
feu sacré. Elle a exercé une influence considérable sur
la Sorbonne elle-même, dans le palais de laquelle on
l'avait (dirai-je malicieusement ?) installée. La Faculté
des lettres de 1893 ne ressemble déjà plus à celle de
1858 ; on y trouve représentés bien des enseignements
dont il n'y avait pas trace ; les cours oratoires y sont
de moins en moins fréquents, les cours didactiques de
plus en plus nombreux ; on y voit même, tout comme
dans le petit coin des combles du vieux bâtiment où
l'Ecole des hautes Etudes est toujours reléguée, des
« conférences », où le maître fait travailler les élèves et
les invite à discuter avec lui : ce grand progrès est dû,
en bonne partie, à l'exemple qu'ont donné à leurs voisins les historiens et les philologues auxquels M. Duruy
avait rendu possible cette manière de prêcher, la
seule efficace. Ainsi, ni directement, ni indirecte-
ment, notre campagne de jadis, campagne dans la-

quelle le principal corps d'armée — bien petit !
quatre hommes, sans caporal ! — fut la *Revue critique d'histoire et de littérature* (fondée en 1866), n'a
été infructueuse. Elle a failli avoir d'autres consé-
quences encore. En 1870, « l'empire libéral » insti-
tua une grande commission extra-parlementaire, —
qui avait l'insigne honneur d'être présidée par M. Gui-
zot, — en vue d'une réforme de l'enseignement supérieur ; mais il ne sortit rien de ses délibérations,
bientôt arrêtées par l'exécrable guerre franco-alle-
mande. Plus tard, dans le grand mouvement de réforme pédagogique qui suivit le mémorable livre de
M. Bréal, M. Waddington, alors ministre de l'instruction publique, demanda à une commission tout offi-
cieuse, — et fort peu nombreuse, celle-là, — de
préparer un projet de loi dont le premier article aurait été la constitution d'universités. Nous eûmes
alors, comme tant d'autres en d'autres sphères, un
beau moment d'espérance. Je vois toujours ces réu-
nions, qui avaient lieu rue Vaneau, dans le petit ap-
partement que M. Renan occupait au quatrième étage,
avec l'assistance de l'homme si distingué et si zélé pour
le bien public qui dirigeait alors l'enseignement supérieur au ministère, M. Armand du Mesnil, et com-
prenaient, si j'ai bonne mémoire, M. Taine, M. Jo-
seph Bertrand, M. Berthelot, M. Boissier, M. Bréal,
M. Boutmy, M. Monod, M. F. Hérold, M. Henri Liou-
ville. On y causait fort agréablement, comme on peut
croire, on y fut même parfois éloquent ; mais bientôt
on se heurta à des difficultés que plusieurs d'entre

nous, aussi inexpérimentés dans les choses temporel-
les qu'enthousiastes pour les choses spirituelles, n'a-
vaient pas prévues : les deux principales étaient, du
côté des lettres, l'éternelle question du baccalauréat;
du côté des sciences, la question sacro-sainte de l'E-
cole polytechnique. Puis on s'aperçut bientôt qu'on
n'était pas autant d'accord qu'on l'avait cru : les uns
effrayaient par leur audace radicale, les autres scanda-
lisaient par leurs réserves et leur timidité. Chaque article proposé était l'objet d'une rédaction révolution-
naire et d'une rédaction conservatrice, et comme on
se trouvait divisé à peu près en deux, on se faisait
des concessions : les uns effaçaient ce qui était trop nouveau, les autres rayaient ce qui leur paraissait suranné,
si bien que notre projet sortit de nos mains à peu près
comme le crâne de l'homme entre deux âges de celles
de ses deux maîtresses. Tel qu'il était, toutefois, il
aurait encore pu servir au moins de base à une utile
discussion; mais M. Waddington quitta le ministère au
seize mai ; bientôt la politique pure s'installa de plus
en plus tyranniquement dans le cabinet de la rue de
Grenelle : on songea surtout à dissoudre les jésuites
et à expulser les ignorantins, et notre projet, autogra-
phié à vingt exemplaires, vint s'ajouter à beaucoup
d'autres dans les cartons bureaucratiques (1).

Tout récemment, on le sait, une troisième poussée

(1) Ce projet a été imprimé dans la *Revue Historique* il y a trois
ans (t. XLIV, p. 91); tout le monde n'ayant pas sous la main la col-
lection de cet excellent recueil, j'ai cru qu'il y aurait quelque
intérêt à le reproduire : on le trouvera à l'*Appendice.*

a été faite en vue d'une réorganisation du haut enseignement : la création d'universités en était à peu près le seul objectif. Elle sortait d'autres milieux que celui qui avait fait les précédentes ; cette fois, c'étaient, d'une part, les Facultés elles-mêmes, d'autre part, certaines villes, les unes et les autres d'accord avec l'administration, qui la dirigeaient. Les noms de M. Ernest Lavisse, l'éloquent et savant meneur de notre jeunesse universitaire, et de M. Liard, l'éminent successeur de MM. du Mesnil et Albert Dumont, resteront attachés à cette tentative.

Elle était loin, même telle qu'elle se présentait, de satisfaire à toutes les aspirations de ceux qui avaient pris part au premier mouvement, et qui ne voyaient pas sans quelque surprise leur drapeau passé dans un camp où il avait jadis compté plus d'adversaires que d'amis. Si elle contenait en elle le germe ou au moins la possibilité de progrès futurs, elle ne laissait pas d'offrir de réels dangers au point de vue de la haute culture scientifique et de prêter à certaines confusions qui empêchaient de s'y rallier franchement beaucoup d'esprits sérieux et libéraux.

On sait comment elle a, d'ores et déjà, presque complètement avorté. Défendu par M. Bardoux avec cette largeur de vues et ce généreux idéalisme qui prêtent tant de charme à son éloquence, le projet de loi soumis au Sénat y a rencontré de redoutables adversaires, qui, pour l'attaquer, se sont d'ailleurs placés à des points de vue tout autres que celui que je viens d'indiquer. Un universitaire de la vieille roche l'a éloquem-

ment convaincu d'être subversif, rétrograde, et atten-
tatoire aux immortels principes de la Révolution française, immuablement codifiés par Napoléon le Grand,
qui fut, comme on sait, le Messie dont les Jacobins
avaient été les prophètes. Un savant et spirituel membre de l'Institut, dans un discours d'une merveilleuse
habileté, a montré que le projet se heurtait à une foule
d'impossibilités juridiques, a fait l'apologie des écoles
spéciales, et a déclaré, — aux applaudissements, bien
entendu, de tous les vrais patriotes, — que la France,
en fait de science, n'avait rien à envier à l'étranger,
et qu'il y aurait de la folie à vouloir changer un état
de choses qui donnait d'excellents résultats et qui était
conforme à nos traditions et à notre génie national. La
vraie raison du renvoi du projet de loi à la commission,
avec un amendement qui n'en laisse subsister que peu
de chose, ne fut pas d'ailleurs dans ces beaux discours :
le renvoi fut motivé par des compétitions d'intérêts
locaux dont peut-être, en rédigeant le projet, on n'a-
vait pas assez tenu compte. Même réduit comme il
l'est, il pourrait aider l'esprit d'initiative à se former
et à se développer dans nos Facultés ; mais une fois
qu'il sera adopté, s'il l'est jamais, il restera encore presque tout à faire pour amener notre enseignement supérieur (je ne parle toujours que des sciences historiques) à ressembler quelque peu à ce qu'il devrait, à
ce qu'il pourrait être.

Je me suis laissé entraîner à une longue parenthèse.
Je reviens au livre de M. Lot, et je commence par
avouer que je suis un peu embarrassé pour en parler

librement. M. Lot, je l'ai dit, est jeune et ardent ; il n'a rien à ménager et il ne ménage rien. Je ne suis pas dans les mêmes conditions. J'ai l'honneur d'être le président de la section d'histoire et de philologie à l'Ecole pratique des hautes Etudes, le vice-président du conseil des professeurs du Collège de France : je crains, en écrivant en toute liberté ce que je pense, d'une part de sembler trop prêcher pour ma grande église et ma petite chapelle, d'autre part de paraître parler au nom de mes collègues, qui ne pensent sans doute pas tous de même. Puis, je n'ai plus les espérances, — je dirais volontiers les illusions, — de jadis : je ne crois guère que des mesures quelconques puissent changer du jour au lendemain un état de choses qui tient à toutes les conditions matérielles, politiques, administratives, intellectuelles et morales de notre état social. Enfin, je me rends bien compte que les idées du genre de celles qu'exprime M. Lot, et dont je partage au moins les principales, rencontrent aujourd'hui peu de faveur : elles sont visiblement entachées de germanisme, et cela suffit pour les faire rejeter d'emblée par beaucoup de gens, qui ne comprennent pas que la vraie lutte internationale consiste, pour un peuple, à se rendre, sur tous les points, aussi fort ou plus fort que ses rivaux, et que la sagesse indique d'employer, quand ils leur ont réussi, les moyens dont ils se sont servis. Je crois cependant remplir un devoir en signalant ce livre aux lecteurs sans préjugés : tout n'y est point à approuver, surtout dans la forme, mais l'esprit en est excellent, et il ne peut qu'exercer une influence salutaire sur l'opinion en projetant sur une partie intime et vitale de notre organisme, partie généralement laissée dans l'ombre, une lumière un peu crue et violente, mais qui force du moins l'attention, et dont la vivacité laissera une impression aux yeux mêmes qu'elle aura blessés et qui s'en seront détournés. Je veux aussi, à ce propos, indiquer brièvement quelques idées personnelles.

*
* *

M. Lot a mis à son livre un titre beaucoup trop compréhensif. Celui que j'ai donné à cette brochure lui aurait mieux convenu, car l'auteur ne dit à peu près rien de l'enseignement de la théologie, de la médecine et du droit ; il parle à peine de celui des sciences, sauf pour renouveler contre l'Ecole polytechnique une de ces vaines attaques auxquelles elle est habituée de la part d'hommes beaucoup plus compétents (1), et dont

(1) Qu'il me soit permis de rappeler l'admirable lettre sur ce sujet que Balzac a insérée dans le *Curé de village*. Dès 1834, tous les inconvénients et les dangers qu'on peut signaler dans le monopole de cette grande institution y sont dénoncés avec une étonnante justesse. Tout récemment, M. Taine a écrit sur le même sujet quelques pages profondes. Auparavant, M. Lavisse et M. Berthelot, cités par M. Lot (p. 55), avaient présenté des réflexions analogues. Je veux citer l'opinion de M. Berthelot, dont personne ne saurait récuser la compétence. Voici ce qu'il dit du concours d'admission à cette Ecole : « Voilà le minotaure qui dévore chaque année une multitude de jeunes gens, incapables de résister à la préparation à des épreuves si mal combinées, mais si propres à faire triompher la mnémotechnie et la préparation mécanique. Les plus forts passeront malgré tout, mais combien y périssent, ou bien sont faussés pour toute leur vie ! » Ajouterai-je que la

elle ne s'émeut guère. Il ne s'attache en réalité qu'à l'enseignement supérieur des sciences historiques et philologiques. Il en montre la faiblesse générale, malgré quelques belles exceptions ; il cherche les causes du mal et il en cherche le remède.

La faiblesse de notre enseignement supérieur, — au sens restreint où le prend M. Lot, — est incontestable si nous le comparons à celui de presque tous les pays de l'Europe, non seulement de l'Allemagne, mais, comme le fait très bien remarquer l'auteur, des pays scandinaves, de la Hollande, de la Suisse, et même, au moins dans une certaine mesure, de la Belgique, de l'Italie et de la Russie. Cette faiblesse se marque essentiellement par les traits suivants : petit nombre des professeurs, petit nombre des leçons faites, petit nombre des étudiants, sujets peu scientifiques des cours, manière peu originale et peu instructive de les traiter. M. Lot s'occupe avec plus ou moins de détail de chacun de ces points.

Il oppose avec une juste indignation aux chiffres misérables du personnel de nos Facultés des lettres (sauf Paris) les chiffres des Facultés étrangères. Toutes

direction donnée au travail dans l'Ecole est jugée non moins sévèrement par les plus éminents des maîtres eux-mêmes ? Tous les esprits réfléchis sont unanimes sur ces points, et cependant, loin de corriger ces défauts, on semble prendre à tâche de les aggraver chaque année. Vraiment, on serait presque tenté de souscrire au jugement que M. Lot exprime avec sa rudesse habituelle : « Quand on assiste à cette étonnante progression du blâme de tous les gens compétents, et, parallèlement, du mal qui provoque ce blâme, on reste stupéfait de la sottise de nos compatriotes. »

ses statistiques sont utiles à lire et à méditer (1). Il n'insiste pas assez, à mon avis, sur un grave défaut de l'enseignement de nos Facultés, le petit nombre de leçons hebdomadaires qu'y fait chaque professeur : ce nombre est de deux, maintenant, ordinairement, de trois par semaine ; en Allemagne, il est en moyenne au moins de dix (il est vrai qu'elles ne durent que trois quarts d'heure). Cet usage, dont les avantages sont à tous les points de vue considérables, s'est introduit tout naturellement dans les universités allemandes par l'institution des cours payés : le professeur ne doit à l'université que deux leçons hebdomadaires, qui sont gratuites (cours publics), mais il peut en faire autant qu'il le veut de *privées* ou payantes. Naturellement il en fait autant qu'il le peut sans excéder ses forces, et il tâche de les rendre assez intéressantes et utiles pour attirer les étudiants, qui de leur côté apportent à un cours pour lequel ils ont donné de l'argent une attention et une assiduité toutes particulières. Je ne doute pas que nos professeurs ne trouvassent le temps et la

(1) Il ne parle presque pas de la grande infériorité de la situation de nos professeurs, en regard de ceux de plusieurs pays étrangers, au point de vue pécuniaire. Le taux peu élevé de nos traitements écarte des chaires des hommes de grande valeur. Nous avons vu plus d'une fois, et tout récemment au Collège de France, des savants que désignait le suffrage des hommes compétents ne pouvoir se présenter, parce qu'ils auraient dû quitter des positions plus avantageuses que celle qu'on aurait été heureux de leur offrir. On a beau être désintéressé, il est difficile de vivre honorablement à Paris, quand on a une famille, avec un traitement de 10,000 francs (réduit à 9,500 francs par la retenue).

force de faire comme leurs collègues allemands (1), et que nos Facultés ne vissent bientôt, dans les mêmes conditions, se multiplier singulièrement leurs leçons hebdomadaires. Cette question des cours payants est abordée à plusieurs reprises par M. Lot : il croit l'institution très difficile à acclimater en France. Je n'en suis pas aussi convaincu que lui ; mais il est certain que le préjugé s'y oppose, et le préjugé en pareille matière est bien puissant : on l'a vu par le sort qu'a eu la proposition si raisonnable d'alimenter la Caisse de nos musées en faisant payer un léger droit d'entrée aux simples curieux.

La faiblesse des cours en eux-mêmes tient essentiellement, M. Lot le montre fort bien, aux étudiants beaucoup plus qu'aux professeurs, et ici on ne peut séparer la description du mal de la recherche de ses causes. Ces causes sont extrêmement multiples ; toutefois notre auteur signale avec raison comme prépondérante la détestable organisation de tous nos examens de lettres, depuis le baccalauréat jusqu'à l'agrégation (2), en pas-

(1) On le voit clairement par ceux de nos professeurs à qui on permet de cumuler deux chaires : ils trouvent parfaitement le moyen de faire deux fois ou plus le nombre des leçons des autres. Ce cumul, qu'on cherche aujourd'hui à restreindre autant que possible, peut avoir certains inconvénients, mais il permet de compenser un peu, pour quelques hommes éminents, l'insuffisance des traitements signalée plus haut.

(2) M. Lot est particulièrement sévère contre l'agrégation, à laquelle il reproche avec raison ses cadres factices et surtout son caractère de concours. Sur le premier point au moins, les esprits les plus libres et les plus sagaces de l'Université elle-même lui donnent raison. Aux textes qu'il cite, il faut ajouter le remarqua-

sant par la licence. Les remèdes qu'il propose au mal sont contestables : multiplier presque à l'infini les licences spéciales me paraît aller droit contre les idées qui devraient inspirer une saine réforme. Mais je me borne à signaler ce point, dont la discussion demanderait trop d'espace. Le fait est que les professeurs de nos Facultés des lettres reçoivent comme étudiants des jeunes gens qui, à la fois, pour la plupart, manquent de l'instruction préparatoire qu'ils devraient avoir, et, parce qu'ils sont bacheliers, s'imaginent n'avoir plus besoin de se la donner. Il en résulte que ces maîtres, qui sont souvent des savants éminents, se voient réduits à enseigner des choses élémentaires, et à les répéter tous les ans, en vue de la licence, examen purement secondaire, et qui n'est qu'un baccalauréat quelque peu sérieux (1). Ainsi la vraie racine du mal dont souffre l'enseignement supérieur est dans l'enseignement secondaire. C'est à la défectuosité de celui-ci qu'il faut surtout attribuer le manque d'instruction générale qui est un des traits les plus fâcheux que les observateurs du dehors s'accordent à signaler en France. « L'ignorance des gens qui chez nous passent pour avoir reçu une éducation distinguée frappe beaucoup les

____

ble rapport de M. Lavisse sur l'agrégation d'histoire dont le *Journal des Débats* a donné des extraits dans son numéro du 21 novembre 1892.

(1) Sur l'assujettissement pénible et humiliant qu'impose, d'autre part aux professeurs de Facultés — et particulièrement aux professeurs d'histoire — la nécessité de préparer au concours d'agrégation, voyez les réflexions courageuses et pénétrantes de M. Lavisse dans le rapport ci-dessus indiqué.

étrangers », dit avec raison M. Lot (1). Mais il attri-
bue cette ignorance à ce que « l'Allemand ou le Suisse a fait quatre à cinq années d'études supérieures
inconnues au Français », et que celui-ci a cru son éducation terminée au moment où elle allait commencer
sérieusement. Assurément, il y a du vrai dans ce reproche, et c'est le cas de rappeler le mot terrible et
profond d'Ernest Bersot : « En France, on fait sa première communion pour en finir avec la religion, on
passe son baccalauréat pour en finir avec la science, et
on se marie pour en finir avec l'amour. » Toutefois,
bien des étudiants, en droit ou en médecine par exemple, à l'étranger comme chez nous, se contentent de
l'enseignement spécial dont ils ont besoin et ne profi-
tent pas des ressources que l'université leur offrirait
pour accroître leur culture générale. La grande cause
de l'infériorité de cette culture en France est dans la
nature de l'enseignement reçu au lycée (et dans les établissements qui lui font concurrence), enseignement
qui est, jusqu'en philosophie, purement formel et mné-
monique, qui n'apprend pas aux jeunes gens à penser
par eux-mêmes et ne leur donne ni le goût ni le moyen
de s'instruire d'une façon personnelle et désintéressée ;
et ce qui devrait être au moins le résultat assuré de
huit ans de travail, la connaissance solide des langues
et des littératures anciennes, n'est que bien médiocre-
ment obtenu : au sortir du lycée, disait Ch. Thurot, on

____

(1) M. Lot exprime ailleurs (p. 93) cette pensée pour son propre
compte avec une brutalité qui est plus faite pour froisser que pour
convaincre les lecteurs.

sait épeler le grec, on sait à peine lire le latin (1). Là-dessus se greffe cette classe de philosophie, sans aucun rapport avec celles qui l'ont précédée, qui souvent inspire aux jeunes gens un réel enthousiasme et ouvre assurément de larges portes dans leur esprit, mais qui, sans parler d'autres objections qu'on peut lui faire, a l'inconvénient grave, par là même qu'elle est au-dessus de leur portée, de leur faire croire qu'ils savent tout sans avoir rien appris. La philosophie terminée et le baccalauréat passé, on quitte le lycée, à dix-huit ans en moyenne, et on s'imagine qu'on a une instruction générale suffisante et qu'on n'a plus à se donner que la préparation spéciale à une « carrière ». En fait, on ne sait rien et on est capable de parler sur tout ; on n'a pas appris à travailler et on ne sent pas le besoin de s'instruire. A quoi tient cet avortement de l'enseignement classique, et quels moyens pourrait-on employer pour le combattre ? C'est une question que je ne saurais traiter ; mais le fait est là, et tant qu'il subsistera, l'enseignement supérieur ne pourra prendre l'essor qu'on lui souhaite. Les deux enseignements sont intimement liés : il faut que les maîtres puissent compter sur une préparation suffisante des étudiants qui leur arrivent ; il faut que les étudiants possèdent, avec cette préparation, une idée juste de la collaboration, à la

(1) Nous avons l'occasion chaque année aux examens d'admission de l'École des Chartes, de constater la baisse croissante de la connaissance des langues classiques ; sans parler des bacheliers, on a vu récemment deux licenciés ès lettres et un agrégé d'histoire avoir en latin la note zéro.

fois docile et indépendante, qu'ils doivent apporter à leurs maîtres. La suppression de la philosophie, dont la place est à la Faculté, est demandée depuis longtemps par les meilleurs esprits : le temps qu'on y emploie serait utilement appliqué à une étude plus approfondie des langues anciennes, de l'histoire, de la géographie et des éléments des sciences. On ne devrait, d'ailleurs, quitter le lycée que dans sa vingtième année, comme on fait en Allemagne ; un an de service militaire amènerait à vingt et un ans, et on serait mûr alors pour les cours de la Faculté, qui pourraient être vraiment supérieurs, et qui seraient dégagés de toute préparation directe à un examen. L'examen, qui pourrait conserver le nom de licence, aurait lieu au bout de trois ans au moins, et porterait (avec la connaissance du grec et du latin comme base générale) sur des matières facultatives. Cet examen, qui assurerait à ceux qui le subiraient avec succès l'exemption des deux années restantes de service militaire, ne conférerait d'ailleurs aucun droit aux carrières de l'État. Celles-ci. — à commencer par la carrière pédagogique, — se recruteraient par des examens d'État, passés devant des juges spéciaux, et on n'y serait admis qu'après un espace de deux ans écoulés depuis la licence. J'entends se récrier tous les parents et aussi la plupart des jeunes gens, en voyant remis à vingt-cinq ou vingt-six ans le moment de mettre, comme on dit, « le pied à l'étrier ». Mais, si on veut vraiment répandre la haute culture, il faut savoir qu'elle est à ce prix. C'est un des grands malheurs de notre état social que ce besoin, qui prime tout, de gagner vite de l'argent, de commencer le plus tôt possible une carrière pratique. Mais, dira-on, c'est fermer la porte aux jeunes gens sans fortune. Comment font-ils donc ailleurs, où ce système existe à peu près ? Et les étudiants en droit et en médecine ne se trouvent-ils pas pour la plupart, dès maintenant, dans des conditions analogues ? Il faut, d'une part, que les familles fassent des sacrifices, et, d'autre part, que l'Etat, les départements, les communes, les universités, quand il y en aura, les particuliers viennent à l'aide des étudiants peu aisés (1). M. Lot combat vivement l'institution des bourses de licence et d'agrégation ; elles sont très louables, pourvu qu'elles ne soient pas trop fortes et qu'elles soient réparties avec discernement. Il n'y a, d'ailleurs, aucun mal à ce qu'un étudiant peine un peu, donne quelques leçons pour vivre, emploie ses vacances dans des familles, soit précepteur ou maître d'études pendant le stage qui doit précéder l'examen d'Etat. Grâce à ces mesures très simples, nos Facultés des lettres seraient bientôt peuplées de jeunes gens studieux, développant librement leur esprit et accroissant leur savoir. L'exemption, pour les licenciés, des deux tiers du service militaire est un moyen d'action d'une rare puissance : il s'agit de bien l'employer.

(1) Une excellente institution de l'Allemagne est celle de la remise suspensive de tous les frais universitaires, y compris l'honoraire des cours rétribués : l'étudiant pauvre en est dispensé, moyennant qu'il s'engage à les verser dans les dix ans ; on met à sa disposition l'instrument de travail, qu'il payera sur les premiers gains qu'il en tirera.

Le petit nombre des professeurs est un des principaux signes de notre infériorité ; il serait déjà beaucoup moins grave si chaque professeur faisait trois ou quatre fois plus de leçons, mais il resterait encore choquant. Il ne faut pas, toutefois, confondre l'augmentation du nombre des chaires avec l'augmentation du nombre des professeurs et des leçons. Moins on aura de chaires spéciales, mieux cela vaudra. M. Lot, qui ne met pas toujours ses idées en parfaite harmonie entre elles, réclame à la fois des chaires de haute science et des chaires d'une utilité toute pratique : il veut, par exemple, en plusieurs Facultés fonder des chaires de celtique ou d'assyriologie, et d'autre part il demande, pour les besoins du commerce, une chaire de japonais à Lyon, une chaire de roumain à Marseille, etc., sans considérer que l'enseignement qui y serait donné ne saurait avoir un caractère scientifique ni s'adresser à de vrais étudiants, et qu'il devrait être par conséquent municipal et non universitaire. Il vaut bien mieux ne pas gêner l'activité des professeurs et l'évolution des groupes enseignants par des créations immuables, qui risquent de favoriser les médiocrités. Chaque Faculté des lettres pourrait n'avoir que quatre ou cinq chaires fixes, de titre très large, réservées, avec des appointements plus hauts et certaines prérogatives, aux professeurs les plus distingués. Les autres seraient simplement « professeurs à la Faculté des lettres » et enseigneraient ce qu'ils voudraient, sous la direction du conseil de la Faculté, qui veillerait à ce que les branches indis-

pensables du savoir fussent convenablement repré-
sentées. Avec le système des cours payants, soyons sûrs
qu'on verrait bientôt se développer une riche variété
d'enseignements, qui s'adapteraient d'eux-mêmes aux
besoins de chaque centre.

Le recrutement des professeurs préoccupe aussi
M. Lot. Il reconnait qu'on a fait de réels progrès, qu'on
ne nomme plus, dans les Facultés, des maîtres de l'enseignement secondaire fatigués, qu'on tient presque
toujours compte de l'aptitude spéciale des candidats.
J'ai vu un temps où l'on offrait à un helléniste une
chaire de littérature française et réciproquement, et où
les refus étaient fort mal pris : ce temps, il faut l'espérer, est passé pour toujours. Malgré cela, la préparation à cette haute fonction fait encore défaut. L'institution des *Privat-Docenten*, que M. Lot admire beaucoup, n'est pas sans certains inconvénients, qu'on reconnaît en Allemagne ; elle ne pourrait, en tout cas,
s'acclimater chez nous que si on attachait un traitement
à l'usage que ferait l'agrégé (tel devrait être son nom)
du droit d'enseigner que lui aurait accordé la Faculté
après une épreuve spéciale. En attendant une telle organisation, il y aurait un moyen extrêmement simple
de remplir, d'une manière excellente, les places vacan-
tes ou à créer dans nos Facultés des lettres : ce serait
de n'y appeler que des élèves diplômés de l'École des
hautes Études. Le diplôme de cette École, qui n'est dé-
cerné qu'avec les plus grandes garanties et à la suite
d'un travail scientifique imprimé, n'atteste pas seulement que celui qui le reçoit est bien au courant de la

science, et même qu'il l'a déjà fait progresser ; il prouve que, pendant des années, il a pris part aux exercices pratiques qui forment l'enseignement de l'Ecole, et qu'en y apprenant les méthodes de critique et de recherche il a appris comment on les enseigne aux autres. Qu'on ne dise pas qu'il s'agit ici d'un nouveau monopole à introduire : l'Ecole des hautes Etudes est largement ouverte ; tous ses élèves le sont en même temps de la Faculté des lettres, du Collège de France, de l'Ecole des langues orientales, de l'Ecole normale, de l'Ecole des Chartes, de l'Ecole du Louvre ; elle ne forme en réalité qu'une série de « séminaires » qui se rattachent aux divers enseignements donnés ailleurs. Une telle mesure, qui pourrait d'ailleurs n'être pas exclusive et qui exigerait, en tout cas, un agrandissement du cadre de l'Ecole, remplirait immédiatement nos petites salles d'élèves laborieux et suffirait pour donner à l'enseignement des Facultés des lettres une impulsion qui bientôt l'aurait vivifié pour toujours. Dans les Facultés même, l'avancement, fait sur place autant que possible, devrait dépendre surtout du mérite du professeur, comme savant et comme maître, et n'aurait nullement besoin d'être égal pour tous. Il faudrait attirer dans ce grand atelier, où chaque service rendu est aussi multiplié dans ses effets que la force produite à un bras du levier est multipliée à l'extrémité, les hommes les plus éminents, en leur promettant des situations exceptionnelles et comme honneur et comme rémunération. A ce point de vue, en Allemagne, la rivalité des universités a d'excellents résultats : une semblable émulation se produirait sans doute en France, et nos grandes villes seraient jalouses d'appeler ou de garder, moyennant quelques sacrifices largement compensés, les représentants les plus distingués de la science. Les professeurs seraient perpétuellement tenus en haleine par une concurrence féconde, et ne seraient plus hypnotisés, comme ils le sont presque tous aujourd'hui, par un regard constamment fixé sur Paris.

C'est, en effet, à la province qu'il faut surtout penser et que M. Lot a pensé principalement ; Paris est muni, et même à quelques égards encombré : s'il y a des critiques très graves à faire à l'organisation du haut enseignement parisien, s'il montre encore d'étranges lacunes, et si sa valeur réelle ne répond pas toujours aux apparences qu'il présente ou à l'idée qu'on en a, il est certain qu'avec la Faculté des lettres et les diverses institutions qui ont été nommées plus haut Paris peut lutter, au moins extérieurement, avec n'importe quelle université étrangère. Mais nos Facultés de province, isolées, sans bibliothèques pour la plupart, préparant péniblement quelques pauvres licenciés quand elles ont terminé l'écœurant travail qui leur est imposé de discerner parmi les candidats aux deux degrés du baccalauréat ceux qui peuvent être libérés et ceux qui doivent être « ajournés », nos Facultés de province meurent d'inanition et d'ennui. Les changements apportés dans leur régime, depuis vingt ans, ont eu pour principal résultat de transformer généralement leurs leçons plus ou moins brillantes, où le soir se donnaient rendez-vous les dames cultivées, les magistrats et les

officiers en retraite, en véritables classes de collége, où
l'on corrige mélancoliquement des versions et des thê-
mes grecs, latins, allemands ou anglais. Les professeurs
sont bien supérieurs à ce qu'ils étaient il y a trente
ans, où tel professeur d'histoire faisait un cours en
lisant à son public, charmé d'ailleurs, les *Récits méro-
vingiens*, où tel autre était professeur de « littérature
étrangère » (quel titre !) sans savoir un mot d'aucune
langue étrangère, sauf un peu d'anglais ou d'italien.
Mais précisément ces hommes sérieux et distingués,
qui, pour la plupart, ont reçu à Paris une bonne préparation, et qui voudraient agir, se désolent dans le
désert où il prêchent. Ils demandent des élèves, au
vrai sens du mot, auxquels ils puissent communiquer
leur science et apprendre la manière de l'acquérir. Le
maître aujourd'hui ne manque pas en France ; c'est
surtout l'étudiant qu'il s'agit de multiplier, j'allais dire de créer, et, à le bien prendre, pour l'étudiant « ès
lettres », le mot ne serait presque pas exagéré.

J'ai indiqué plus haut quelques-uns des moyens qu'on
pourrait prendre ; je les crois efficaces ; mais le nœud
de la question est dans la concurrence que font aux
Facultés les écoles spéciales. Ce nœud, qu'il serait bien
difficile de trancher dans l'état actuel des choses, la loi
proposée sur les universités permettra peut-être de le
dénouer peu à peu. M. Liard, l'éminent successeur de
MM. du Mesnil et A. Dumont, dans son beau livre,
qu'on ne saurait trop méditer, sur l'enseignement supérieur en France depuis un siècle, a très bien montré
comment le principe des écoles spéciales a longtemps

lutté, avant d'en triompher, dans les Conseils de la Convention et du Directoire, avec celui de l'union des diverses branches de l'enseignement supérieur. Mieux placé que personne pour juger des résultats de la victoire, il trouve qu'elle a été funeste, et je crois qu'il a raison. Mais ces écoles, telles qu'elles sont, rendent de très grands services, et fournissent à l'Etat des fonctionnaires excellents ; il faut bien se garder d'y toucher imprudemment. Tout ce qu'en dit M. Lot est fort intéressant et judicieux ; je ne puis qu'y renvoyer le lecteur, ne voulant pas traiter une question infiniment délicate et compliquée, et pour la solution de laquelle je sens que, sur plusieurs points, la compétence me manquerait.

Une autre question, que M. Lot ne touche pas, et qui est, s'il se peut, plus essentielle encore, est celle de « l'Université de France » elle-même, de cette étonnante création de Napoléon dont M. Taine nous a expliqué la genèse et démonté le mécanisme, et qui, adoptée par les continuateurs du grand bâtisseur de la France moderne, est devenue peu à peu, en se transformant sous leurs mains, une simple administration, au lieu d'une sorte d'Eglise laïque. L'existence de l'Université est-elle compatible avec celle d'universités au vrai sens du mot ? Y a-t-il intérêt à conserver le lien étroit qui rattache l'enseignement supérieur aux deux autres et soumet au même « recteur d'Académie » les Facultés aussi bien que les lycées, les collèges et les écoles primaires ? Je ne le pense pas, pour ma part, et je crois qu'il faut dégager franchement l'enseignement supérieur de cette alliance qui n'a pour lui que des désavantages. Le professeur de Faculté ne doit dépendre que de sa Faculté, de son université (si on la crée), et en dernier ressort (mais d'une façon lointaine et rare) du Ministère de l'instruction publique. C'est un progrès qui se fera de lui-même, et que cependant le récent projet de loi n'a pas même indiqué. Bien au contraire, on sent que les auteurs de ce projet ne séparent pas dans leurs desseins et dans leurs vues d'avenir « les universités » de « l'Université ». Or, en laissant subsister à côté l'une de l'autre et en voulant concilier deux acceptions si différentes du même mot, ou plus réellement deux idées si contradictoires, on ne met pas seulement le trouble dans les esprits, on le met dans les choses. Au reste, le mot d'Université de France n'est plus guère, en fait, qu'un souvenir historique ; il désigne, disent les dictionnaires, « l'ensemble des fonctionnaires attachés à l'instruction publique et l'administration qui en a la surveillance ». Il serait souhaitable qu'à l'avénement d'universités au vieux sens du mot, sens si français et si glorieux, correspondit la radiation définitive du mot Université au sens napoléonien, et qu'à cette radiation se joignît, pour l'enseignement supérieur, une indépendance complète à l'égard des fonctionnaires chargés de donner ou de « surveiller » les autres ordres d'enseignement. Ainsi se dissiperait une prévention qui existe dans l'esprit de beaucoup de personnes, et qui, en tout homme qui enseigne, leur fait soupçonner un « cuistre », pour rappeler un mot fameux ; d'autre

part, ainsi tomberaient les répugnances assez naturelles
que les Ecoles spéciales manifestent à l'idée de se per-
dre, non pas dans une université indépendante, mais
dans une branche de l'administration centrale où elles seraient englobées avec des éléments disparates.

*
* *

Le Collège de France et l'Ecole des hautes Etudes
ne sont pas des écoles spéciales, puisqu'ils n'ont ni
spécialité ni but pratique. Ils présentent l'un et l'autre cet immense avantage qu'ils se recrutent avec une
liberté à peu près complète, et qu'ils n'exigent des maîtres qu'ils appellent à eux aucune condition de grade
ou de diplôme, formant ainsi un heureux contre-poids
à la tyrannie des examens et des concours universitaires. Ils sont seuls à représenter, dans l'ordre des études historiques et philologiques, la science pure, et
comme tels ils ont naturellement toute la sympathie
de M. Lot. Toutefois, il signale avec raison ce qu'il
y a de faux et de dangereux précisément dans cette
situation exceptionnelle. Séparés de tout lien avec la
préparation aux carrières libérales, construits pour
ainsi dire en l'air sans fondements sur le sol, ces deux
établissements souffrent de leur isolement et de leur
supériorité même. Ils offrent des cours excellents,
dont quelques-uns peuvent soutenir la comparaison
avec les meilleurs qui se fassent en Europe ; mais
ils ont peu d'élèves, et ces élèves sont, au moins à
certains cours, des étrangers plus souvent que des

Français (1). Il ne faudrait pas se hâter de conclure que les Français n'ont pas le goût de la science pure, et que c'est faire une œuvre vaine que de tâcher de le leur inculquer. Les étrangers qui viennent chez nous compléter leurs études emportent des certificats de présence et de travail qui leur servent dans leur pays, tandis que dans le nôtre ils ne les aideraient en rien ; un diplôme de l'Ecole des hautes Études, jusqu'ici parfaitement inutile en France, ouvre à un Suisse ou à un Roumain l'accès de l'enseignement supérieur. Pour cultiver la science sans l'espoir d'aucun avantage pratique, il faut une vocation exceptionnelle, ou une fortune qui, généralement, inspire d'autres goûts. La première condition se rencontre peut-être en France aussi souvent qu'ailleurs, et si nous avons peu d'élèves français, presque tous ceux que nous avons ne tardent pas à devenir des maîtres.

(1) Qu'il me soit permis de rappeler ici un très pénible souvenir personnel. Il y a quelques années, à l'ouverture d'une de mes conférences à l'École des hautes Études, je me trouvai en présence d'une vingtaine d'étudiants. J'interrogeai chacun d'eux, suivant l'usage, sur sa provenance et sa préparation ; je trouvai des Suisses, des Allemands, des Suédois, des Roumains, des Américains, et pas un Français. J'en fus tellement attristé que je quittai la salle, me demandant si je devais continuer, et si l'École avait été créée uniquement pour compléter l'instruction des jeunes savants étrangers. Je me remis pourtant, et je fis la conférence, — qui portait, notez-le bien. sur un sujet de philologie française, — mais avec un serrement de cœur qui ne me quitta pas. Depuis lors, je suis content lorsqu'à mes conférences je vois deux ou trois de mes compatriotes mêlés aux étudiants exotiques. Plusieurs de mes collègues à l'École des hautes Études pourraient citer des faits analogues.

Mais ces vocations-là trouveront toujours à se satisfaire, même dans les conditions les plus défavorables.
La plus noble mission de l'enseignement supérieur
est de faire pénétrer l'esprit scientifique, esprit de
critique et de recherche méthodique, dans toutes les
sphères élevées de la vie nationale ; la science, comme
la religion, doit, non pas être reléguée dans des tem-
ples rarement visités, où quelques prêtres seuls en
célèbrent les rites, mais animer et inspirer toute la
haute activité intellectuelle d'un pays. La préparation
aux carrières libérales ne doit pas être séparée de la
science pure, ni la science pure tenue à l'écart de
toute préparation à une carrière. Si on veut que l'enseignement du Collège de France et de l'École des
hautes Etudes porte des fruits vraiment abondants
et utiles, il faut donner à cet enseignement une sanc-
tion pratique. Pour l'Ecole des hautes Etudes, j'en
ai indiqué une toute à l'heure ; M. Lot en propose
une autre, qu'il serait bien facile d'appliquer, et qui
avait d'ailleurs été promise lors de la fondation de
l'Ecole, l'assimilation du diplôme de l'Ecole à la licence ; c'est peu de chose en vérité, et quand on songe
que, pour obtenir ce diplôme, il faut trois ans d'études vraiment scientifiques et un mémoire imprimé
sous la garantie de trois maîtres, la comparaison d'un
licencié à un élève diplômé de l'Ecole ne peut que
faire sourire. Cependant, depuis vingt-cinq ans, on a
sans cesse demandé cette assimilation sans pouvoir l'obtenir ; elle aurait suffi à attirer vers l'Ecole des hautes
Etudes des jeunes gens désireux d'avoir les prérogati-

ves de la licence, mais dont l'esprit aurait été tourné vers la recherche scientifique plutôt que vers les exercices purement scolaires, et par conséquent qui nous auraient fourni des élèves bien disposés. Tout le monde y aurait gagné, et on ne voit pas qui y aurait perdu. Néanmoins, nous sollicitons en vain une faveur si juste et si légère, et il est à croire qu'elle continuera à nous être refusée.

***

Le livre de M. Lot laisse une impression triste, non sans qu'il s'y mêle cependant quelque réconfort. Il est douloureux de voir combien peu de résultats vraiment utiles a amenés depuis trente ans, que dis-je? depuis soixante ans, une agitation à laquelle ont pris part quelques-uns des esprits les plus éminents du siècle. Quand on lit ce qu'ont écrit sur notre enseignement supérieur les auteurs dont M. Lot donne la liste, à commencer par Victor Cousin, qui, dès 1833, avait vu et dit tout ce qu'il y avait à voir et à dire, et quand on constate que tous ces livres, tous ces articles, tous ces rapports (il y en a d'excellents enfouis dans les cartons du Ministère), n'ont abouti à peu près à rien, au moins au point de vue purement scientifique, sauf à la création de l'Ecole des hautes Etudes qu'on n'a pas su mettre en état de se développer, on se prend à désespérer de tout succès pour l'avenir, et on est bien près d'arriver à ce scepticisme, courant aujourd'hui parmi les meilleurs esprits, qui accepte les choses comme elles sont, tâche d'en tirer aussi bon parti que possible et renonce à rien essayer pour les changer. Après tout, se disent ces désenchantés, la France n'offre pas un terrain propre à la culture en grand de la science. L'esprit public n'est pas là ; son admiration ne va pas aux grands savants, à moins qu'ils n'inventent des vaccins ou ne touchent par hasard aux questions qui passionnent la foule. Les jeunes gens bien doués ne sont pas, comme ailleurs, attirés de ce côté-là ; avec quelques articles de journal, un roman, et surtout une pièce de théâtre heureuse, ils auront bien plus vite et la vie aisée et cette notoriété parisienne que tout le monde envie et que n'obtiendra jamais le plus éminent archéologue ou épigraphiste. Il faut se borner à souhaiter que l'histoire et la philologie fassent assez d'adeptes pour remplir les chaires du Collége de France et les fauteuils de l'Académie des Inscriptions et représenter convenablement la France en face des autres nations. Les savants de profession ne se plaignent pas de cet état de choses, qui leur assure une vie tranquille et dispensée des luttes de la concurrence. Quand une chaire vient à vaquer, il n'y a généralement, au moins dans les branches les plus spéciales, qu'un candidat sérieux, qui de longue main se préparait à la succession. Une fois nommé, il fait paisiblement ses deux leçons par semaine, devant des auditeurs dont le petit nombre met en gaieté le *reporter* que de temps en temps un journal du boulevard envoie reconnaître ces terres lointaines de la rue des Écoles ; son cours ne lui prend qu'un petit nombre d'heures par an, il a donc tout le loisir de se consacrer à son travail personnel, et peut faire avancer la science par des ouvrages qui atteignent un public bien autrement étendu que celui de ses leçons.

Il y a certainement du vrai là-dedans ; mais à ce compte il vaudrait mieux dispenser les membres du Collége de France de tout enseignement, et leur donner un traitement pour leur permettre de se livrer tout entiers à la recherche scientifique. L'idée serait belle et digne d'un grand pays ; seulement que devient la mission de l'enseignement supérieur ? Les sceptiques dont je reproduis les idées en font bon marché ; ils ne croient pas qu'en France l'esprit scientifique puisse jamais pénétrer hors d'un cercle étroit, sans action sur la vie nationale. Les plus pessimistes d'entre eux en donnent de cruelles raisons. D'une part, disent-ils, la lutte fatale entre le catholicisme et la libre pensée, où bon gré mal gré chacun est obligé de s'enrôler dans l'un des deux camps adverses, dispose la France aux affirmations *a priori*, aux dogmes acceptés docilement de part ou d'autre, et non à cette impartialité, à cette indifférence au résultat de la recherche, qui est indispensable dans les sciences historiques ; elle se complique de la lutte entre les regrets du passé et les désirs de l'avenir, entre l'esprit aristocratique et l'esprit démocratique. Ce dernier, qui gagne évidemment du terrain tous les jours, est peu favorable à des sciences qui lui paraissent dénuées d'application pratique, et à l'investigation exacte et méthodique d'un passé dont la connaissance lui semble ou négligeable ou dangereuse ; s'il s'en occupe, ce n'est que pour l'exploiter à son profit, glorifier ce qui lui est conforme, rendre odieux ce qui lui est opposé (1). Ce même esprit exige de plus en plus impérieusement une éducation secondaire pareille donnée au plus grand nombre d'enfants possible et subissant, par là même, un véritable abaissement. Déjà le grec a à peu près disparu des lycées et collèges ; le latin est vigoureusement attaqué et a perdu beaucoup de terrain. Dès maintenant, les jeunes gens sortent du lycée avec une connaissance à peine superficielle des langues anciennes et un mépris absolu pour des études dont autour d'eux ils entendent sans cesse affirmer la vanité et dont leurs pères et leurs aînés se font une sorte de gloire d'avoir oublié les éléments. Ils n'ont d'ailleurs reçu aucune notion de ce qu'est la critique appliquée à l'histoire de l'esprit humain et à la connaissance de ses lois ; s'ils ont appris quelque peu à chercher une vérité par eux-mêmes et à raisonner sur des principes certains, ce n'est que dans leurs études mathématiques et physiques, qui leur semblent dès lors comporter seules cet emploi de leurs facultés, les autres n'étant qu'une variété ennuyeuse de la littérature. Or, ils tombent aujourd'hui au milieu d'une littérature qui semble s'être donné pour mission d'exciter tous les instincts bas et de déprimer toutes les aspirations élevées, et ils remarquent que les coryphées de cette littérature n'ont eu besoin d'aucune instruction

(1) Pour des raisons différentes, mais qui aboutissent au même résultat, l'esprit conservateur est peu ouvert aux besoins et aux aspirations de l'enseignement de la haute science dans le domaine historique et philologique.

solide pour réussir, qu'il n'y faut que du « talent »,
et que ce talent, au moins dans des conditions moyen-
nes, s'acquiert assez facilement par la pratique, quand
on sait profiter des enseignements reçus en rhétorique,
qu'on s'habitue à composer avec soin, à « développer »
savamment, à chercher partout l' « effet », et surtout
à se rendre intelligible et agréable au plus grand nombre possible, la littérature française, comme l'a fort
bien dit récemment M. Brunetière, étant avant tout
« sociale » et « sociable ». Pour être intelligible, il ne
faut pas supposer chez le lecteur une préparation qu'il
n'a sans doute pas et qu'il serait présomptueux de lui
demander de se donner ; il faut tout lui expliquer aussi
clairement que possible, et ne pas craindre de se répéter ; il faut se pénétrer de cette grande maxime que
« l'on ne juge jamais le public trop bête », ou de cette
autre, chère à je ne sais plus quel écrivain fameux,
« que l'on ne doit jamais rien écrire que son concierge
ne puisse comprendre ». Pour être agréable, il faut
s'occuper de questions vraiment intéressantes, amuser
par des polissonneries ou secouer par des paradoxes,
être « audacieux », « troublant » ou « cruel », et tirer
ainsi pendant un instant de leur torpeur les cerveaux
ou les sens engourdis de gens pour qui la lecture est
un moment de divertissement frivole comme une partie de billard ou une chanson de café-concert. Comment, dans ce milieu intellectuel, sous ces influences,
se formerait-il un grand foyer de hautes études historiques et philologiques ? C'est déjà merveille qu'il se
produise assez de vocations sérieuses et désintéressées.

pour que nous puissions opposer un état-major honorable, sans armée, il est vrai, à celui qui, chez les peuples voisins, est suivi de combattants en rangs serrés. C'est un grand bonheur aussi que les arbitres de nos destinées aient encore pour ces études surannées un certain respect traditionnel, et veuillent bien leur laisser le moyen de subsister maigrement. Profitons de ce que nous avons ; tâchons de remplir dignement les chaires des Facultés et des écoles spéciales, du Collège de France et de l'École des hautes Études, et renonçons aux grandes espérances que nous avions pu concevoir. Entretenons pieusement la petite lumière qui nous reste, entourons-la de nos mains, et ne l'exposons pas, sous prétexte de la faire mieux briller, à des yeux qu'elle pourrait importuner : craignons qu'un beau jour un poing brutal ne vienne s'abattre sur ce frêle flambeau et ne nous laisse dans l'obscurité complète.

Voilà les réflexions attristantes que suggère le livre de M. Lot ; mais, comme je l'ai dit, il n'est pas sans apporter du réconfort. Le principal est son apparition même. On est charmé et touché en voyant un jeune homme combattre avec cette ardeur et cette foi pour une cause que l'on pouvait croire abandonnée, reprendre la lutte où l'avaient laissée ses aînés, et la mener plus vivement, plus directement encore. Il y a donc encore dans la jeunesse de l'enthousiasme pour la science et une aspiration parfaitement consciente et

lucide vers ce qui pourrait en accroître la puissance et
le rayonnement. Quand on connait l'excellent ouvrage
historique de M. Lot, dans lequel, tout en utilisant directement les sources avec une critique aussi libre que
ferme, il a profité de tous les travaux allemands, les a
souvent rectifiés, et les a incontestablement dépassés,
on fait aussi cette réflexion consolante qu'un enseignement supérieur qui produit de semblables fruits n'est
pas tellement à dédaigner. Et cependant c'est cet élève
hors ligne qui signale toutes les lacunes et tous les défauts de cet enseignement et qui en poursuit la réforme
avec passion. Cela encore est encourageant : être mé-
content de soi est la première condition de tout progrès.

C'est sur cette impression que je veux terminer cette
trop longue étude, dans laquelle, entraîné par diverses
questions incidentes, je n'ai pas traité la question même de l'enseignement supérieur dans son essence. Cette
essence est presque tout entière dans la réforme des
examens. Il n'est pas prouvé que, par des dispositions
législatives, on puisse amener dans les mœurs et dans
l'esprit public un changement assez grand pour transformer complètement et notre enseignement supérieur
et son influence sur la vie nationale. Mais si on le peut
dans une certaine mesure, c'est par cette réforme. Le
reste, constitution d'universités, création de nouvelles
chaires, institution des *Privat-Docenten*, fondation de
bourses, réunion même des écoles spéciales aux universités, le reste n'est que secondaire et accessoire. Mais
cette question vitale est terriblement compliquée : toute

tentative de lui donner une solution ne nous entraîne pas seulement en dehors de l'enseignement historique et philologique ; elle nous met en présence des plus graves problèmes sociaux de notre temps. M. Lot l'a sans doute aperçu, et c'est pour cela qu'il ne l'a abordée qu'en passant et sans l'étudier à fond. Elle se dresse, à vrai dire, sur la route qui mène à toutes les autres réformes, comme jadis l'énigme du Sphinx. Elle n'a pas encore trouvé son Œdipe ; je souhaite passionnément et je ne désespère pas qu'il s'en présente enfin un.

APPENDICE

I

Dans le *Journal des Débats* du 26 octobre 1893 (édition du matin), M. E. Lavisse a inséré la lettre suivante, écrite à propos des articles qu'on vient de lire. Je me fais un plaisir de la reproduire ici, en l'accompagnant de quelques observations.

Mon cher directeur,

Permettez-moi quelques réflexions au sujet de l'étude que M. Gaston Paris a publiée dans le *Journal des Débats* sur le « haut enseignement historique et philologique ». Je voudrais ajouter des raisons à celles que mon confrère et ami nous donne d'espérer en l'avenir de notre enseignement supérieur, ou plutôt de n'en pas désespérer, car M. Paris semble bien ne pas aller tout à fait jusqu'à l'espoir.

Je ne nierai certes pas les défauts de l'enseignement historique et philologique de nos Facultés des Lettres ; et même je dirai que, pour en connaître toute la gravité, il faut, étant de la maison, en souffrir soi-même. Mais, si nous n'avions point passé par l'état où nous sommes aujourd'hui, et si nos Facultés ne s'en étaient pas accommodées, nous en serions encore aux préliminaires métaphysiques de la réforme de l'enseignement supérieur.

M. G. Paris rappelle les conversations qu'échangèrent

des hommes illustres dans les deux commissions qui furent instituées, l'une à la fin de l'empire, et l'autre dans les premières années de la République. Il énumère tous les motifs qui peuvent se présenter à l'esprit de douter qu'une réforme soit possible. La France, demande-t-il, est-elle capable d'esprit scientifique ? A supposer qu'elle le soit, sa constitution sociale permet-elle d'organiser les institutions d'enseignement, de façon qu'elles deviennent des milieux d'esprit scientifique ? Est-il possible de faire coexister des Universités et les Ecoles spéciales ? des Universités et l'Université de France ? etc., etc.

Voilà qui est fort bien, mais fallait-il attendre que l'esprit de la France se modifiât, que notre société française évoluât dans le sens désiré par nous, que nos catholiques et que même nos libres penseurs devinssent des libéraux, et qu'enfin le père de famille français à qui un garçon est échu renonçât à le destiner, dès les langes, au tricorne et à l'épée du polytechnicien ? Alors nous n'aurions rien fait, absolument rien. Or, nous avons fait quelque chose.

Ceci, d'abord : nous avons cherché des élèves là où il était possible de les trouver, parmi les candidats aux grades et titres qui ouvrent la carrière universitaire. Il y a en France plusieurs milliers de professeurs d'établissements publics, au recrutement desquels ne pouvait suffire la seule Ecole normale. Ils s'instruisaient comme ils pouvaient ; c'étaient des élèves qui cherchaient des maîtres : nous étions des maîtres qui cherchions des élèves. Nous nous rencontrâmes, et ce fut pour eux et pour nous une heureuse rencontre.

Du coup, notre régime de vie fut modifié. Je raconterai quelque jour l'histoire curieuse et amusante des petites transformations qui se succédèrent, très modestes, inaperçues, et dont l'effet fut de rendre, au bout de quatre ou cinq années, la Sorbonne méconnaissable. Les conférences s'ouvrirent ; le tête-à-tête commença du maître et des étudiants. L'étudiant en lettres était créé. Nous le logeâmes d'abord dans la barraque en bois que fît bâtir Albert Dumont. Aujourd'hui, dans notre Sorbonne encore incomplète, se trouvent, à côté de la grande bibliothèque de l'Université, une bibliothèque d'étudiants, des salles d'étude et de travail pour l'archéologie ancienne et du moyen âge, pour l'art moderne, pour la paléographie, pour la géographie : la Sorbonne est devenue un domicile de jeunesse.

Il est vrai, et c'est là le vice très grave de notre état transitoire, que nos étudiants sont avant tout des candidats à des examens, et qu'eux et nous, régis étroitement par des programmes, nous travaillons sur commande. Mais, d'abord, il y a heureusement quelques parties de l'examen qui peuvent être employées à l'éducation scientifique : j'ai entendu dans des Facultés de très savantes explications de textes. Et si une agrégation, par une heureuse exception, réclame des étudiants un travail personnel, ils le fournissent très volontiers ; c'est, de toutes les épreuves du concours, celles qu'ils préfèrent, car ils ne sont pas du tout rebelles à l'esprit scientifique. On le verra bien le jour où les examens ne les détourneront plus de le connaître et de l'aimer. Déjà les thèses qui nous sont soumises au jury d'agrégation d'histoire sont, en général, supérieures à la moyenne des dissertations doctorales des Universités allemandes.

Pendant que nous traversons cette période, sinon de progrès, au moins préparatoire au progrès, l'enseignement supérieur se recrute de jeunes maîtres, beaucoup mieux instruits que nous le fûmes nous-mêmes. M. Paris reconnaît que la valeur scientifique du personnel enseignant s'est accrue. J'aurais voulu qu'il insistât ici davantage, et qu'au lieu de rappeler les histoires un peu fanées de professeurs qui ne savaient rien de ce qu'ils devaient enseigner il rendît à quelques Facultés provinciales toute la justice qui leur est due. Pour ne parler que de la Faculté que je connais le mieux, je puis dire en toute vérité que la Faculté des Lettres de Lyon ne redoute aucune comparaison avec l'étranger.

Ainsi donc, le temps n'a pas été perdu depuis vingt-cinq ans. Aucune espérance ne nous serait permise, si nous n'avions pas commencé par préparer le lieu et les organes de la vie future.

Et, maintenant, revenons à nos misères. Comment nous en affranchir ? Il faut d'abord — c'est la très juste conclusion de l'étude de M. Paris — réformer notre système d'examens, qui est détestable. Précisément la question est à l'ordre du jour : elle sera discutée au cours de l'année scolaire qui va s'ouvrir. La réforme ne s'achèvera pas en une fois sans doute, et, sur plus d'un point, la résistance des habitudes et des théories anciennes sera victorieuse, je le crains ; mais déjà, dans le domaine des sciences historiques, nous touchons au but. Grâce à une série de partielles améliorations, il est possible, dès aujourd'hui, tout en laissant à un jury d'État la connaissance des aptitudes professionnelles des candidats à l'agrégation d'histoire, de donner aux Facultés la pleine direction et le jugement de leur éducation scientifique. Tout notre avenir est là. Après quelques années de ce régime, on verra de quoi les Facultés sont capables. Nous aurons en France de très bons ateliers de travail scientifique.

Sera-t-il nécessaire, comme le pense M. Paris, d'importer chez nous toutes les coutumes allemandes, toutes, sans en omettre une seule ? Voilà bien des années que j'entends qu'on nous les propose, et je ne puis m'empêcher de croire — sachant fort bien que quelques-unes dépériraient aussitôt transplantées — qu'il y a quelque superstition à vouloir tout imiter, même là où nous avons à prendre de bons conseils et de grands exemples.

Je regrette de ne pouvoir m'expliquer mieux (il me faudrait trop de place) sur quelques points où je reviendrai plus tard, quand sera discutée la réforme des examens. Je ne dirai plus qu'un mot des relations de nos Facultés avec les Écoles spéciales. M. G. Paris parle de leur répugnance à se laisser absorber dans nos grands corps administratifs : je pourrais lui répondre que nous ne sommes pas tant administratifs qu'il le croit, et que l'administration de l'enseignement supérieur, que M. Paris loue avec raison, — elle ne saurait être trop louée, — nous donné successivement tous les moyens d'acquérir l'indépendance. Déjà nous discutons très librement nos affaires dars nos conseils. Mais, si les Écoles spéciales ont conçu quelque inquiétude d'ambitions qu'elles nous supposent, elles se sont trompées. Nous n'avons ni le besoin ni le désir d'absorber aucune École. Nous prétendons seulement que l'existence de ces Écoles ne nous empêche pas d'exister nous-mêmes et qu'il n'y ait contre nous aucun privilège.

M. G. Paris souhaite à l'École des Hautes-Études un énorme et singulier privilège : nul n'entrerait dans l'enseignement supérieur sans avoir été diplômé par cette École. Et je ne pourrais me retenir de rappeler ici le cas de l'orfèvre qui voulait guérir une fille muette en lui vendant des bijoux, si M. Paris n'avait spirituellement avoué sa prédilection pour les deux maisons où il occupe une si grande place, pour le Collège de France et l'École des Hautes-Études, sa « grandé église, comme il dit, et sa petite chapelle ». L'École des Hautes-Études a rendu les plus grands services à la science française et au haut enseignement, mais elle a été instituée pour donner un exemple et pour répandre la contagion de cet exemple, non pour recevoir le monopole de l'éducation scientifique.

Ce n'est pas une raison, parce que l'École normale existe, pour que nous ne fassions pas des professeurs ; parce que l'École des Chartes existe, pour que nous ne négligions l'histoire du moyen âge ; parce que l'École des Hautes-Études existe, pour que nous nous interdisions l'érudition. Et parce que nous faisons des professeurs, parce que nous développons l'enseignement des sciences auxiliaires de l'histoire, parce que nous voulons organiser l'éducation scientifique, ce ne sera pas une raison pour qu'il n'y ait plus d'École normale, ni d'École des Chartes, ni d'École des Hautes-Études. Ce ne sera pas même une raison pour que nous vivions tous sous un commun régime. Nous ferons pour le mieux chacun de notre côté. Pour tout dire d'un mot, les Facultés des Lettres n'ont d'autre ambition que de remplir elles-mêmes toute leur fonction.

Je vous remercie, mon cher directeur, de l'attention que vous donnez à ces graves questions d'enseignement, et je suis

Votre tout dévoué,
ERNEST LAVISSE

Mon éminent confrère et ami reconnaît le bien fondé de la plupart des critiques adressées à l'enseignement de nos Facultés : comment aurait-il pu ne pas le faire, puisqu'il en a lui-même formulé plus d'une avec autant de fermeté que de pénétration, et que nous avons eu souvent l'occasion, M. Lot et moi, de nous appuyer sur ses courageuses déclarations ? Il insiste sur ce qu'on a déjà fait pour rendre ces critiques moins justifiées ; je crois ne l'avoir pas méconnu. Je n'aurais même pas osé dire, comme il le fait avec une franchise qui scandalisera peut-être quelques-uns de ses collègues, que nos Facultés sont dans une période « sinon de progrès, au moins préparatoire au progrès » ; j'ai reconnu expressément que depuis trente-cinq ans, et surtout depuis quinze ans, elles avaient accompli des progrès réels. M. Lavisse voit comme moi la principale cause du mal dans notre système d'examens ; il annonce qu'une réforme, radicale dans ses tendances, mais progressive dans son mode d'exécution, est en préparation et entrera bientôt en pratique. Rien ne saurait me réjouir davantage, et nul ne sera plus reconnaissant que moi à ceux qui feront aboutir cette grande œuvre, parmi lesquels M. Lavisse occupera certainement le premier rang.

Sur la question capitale de l'Université et des universités, ainsi que sur plusieurs autres, M. Lavisse ne se prononce pas ; est-ce prudence ou dissentiment ? je ne sais. Ce qui lui tient le plus à cœur, c'est de repousser ce qu'il regarde de la part de l'École des hautes Études comme la prétention à « un énorme et singulier privilège », celui de constituer une préparation spéciale pour les jeunes gens qui aspireraient à l'enseignement supérieur. Cependant l'auteur reconnaît lui-même que l'enseignement supérieur, pour donner tous ses fruits, doit avoir un caractère essentiellement scientifique, et que ce caractère n'est pas encore celui des leçons des Facultés, dominées par la tyrannie de l'examen, tandis qu'il est absolument celui de l'École des hautes Études. Qu'y a-t-il donc d'excessif à souhaiter que ceux qui doivent représenter et répandre précisément l'esprit de cette École passent par les conférences où elle l'inculque ? Cela ne pourrait sembler choquant que si elle était un établissement fermé, recrutant ses élèves au sortir du lycée et leur donnant un enseignement exclusif et complet. Mais, comme je l'ai fait remarquer, il n'en est nullement ainsi : nos élèves le sont tous en même temps des Facultés ou des Écoles spéciales ; dès lors, en reconnaissant au diplôme de l'École une valeur particulière comme preuve d'aptitude au haut enseignement historique et philologique, on ne créerait aucun privilége et on ne ferait tort à aucun droit. On serait sûr, en revanche, dans une dizaine d'années, d'avoir renouvelé l'esprit des Facultés des lettres dans le sens même que souhaite M. Lavisse et d'avoir si bien préparé les réformes nécessaires qu'elles s'accompliraient pour ainsi dire d'elles-mêmes et par consentement universel. Il suffit, dit-on, d'une petite quantité d'un ferment bien choisi pour transformer toute une cuvée de vin : on désire cette tranformation, on a le ferment sous la main ; pourquoi s'obstinerait-on à ne pas s'en servir, surtout quand le ferment provient des mêmes grappes et n'a été obtenu que par une sélection dans la cuvée ? Au fond, la résistance que rencontre la proposition dont il s'agit a sa cause dans la persistance, inconsciente peut-être, du vieil esprit de l'Université ; elle ne se produirait pas s'il avait fait définitivement place à l'esprit nouveau qui peut seul nous donner des universités.

M. Lavisse me reproche encore de vouloir « importer chez nous toutes les coutumes allemandes, toutes, sans en omettre une seule ». Je ne vois pas où j'ai exprimé un tel souhait : j'ai parlé seulement des leçons plus fréquentes, des honoraires payés pour les leçons surérogatoires, de la remise suspensive des frais, et, avec quelque hésitation, des *Privat-Docenten ;* il y a, en dehors de celles-là, bien des coutumes ou des institutions des universités allemandes dont je ne souhaite pas l'adoption. J'aurais voulu que M. Lavisse nous dit avec plus de dé-

tail quelles sont parmi les premières celles qui « péri-
raient aussitôt transplantées » ; sa grande expérience de
l'enseignement supérieur en France et sa connaissance
parfaite de l'enseignement supérieur en Allemagne auraient donné à son opinion une très haute valeur. Je
puis attester qu'il n'y a dans mon cas aucune « superstition » ; j'ai vu fonctionner utilement les coutumes
ou les institutions dont il s'agit, et je les recommande
à mes compatriotes non parce qu'elles sont allemandes,
mais parce qu'elles me semblent bonnes en théorie et
suffisamment éprouvées par la pratique : c'est uniquement sur la valeur et l'effet qu'on peut leur reconnaître et sur la possibilité éventuelle de les acclimater
en France que devrait porter la discussion.

M. Lavisse a voulu ajouter des raisons à celles que
nous pouvons avoir « d'espérer en l'avenir de notre
enseignement supérieur, ou plutôt de n'en pas désespérer ». La meilleure qu'il apporte est assurément la
sincérité avec laquelle il juge l'état présent de cet enseignement, et la confiance qu'il a lui-même dans son
amélioration possible. Nous espérons l'un et l'autre depuis longtemps, moi seulement depuis un peu plus
longtemps que lui ; mais espérer toujours ce n'est pas
ici désespérer. La vie d'un grand peuple est longue,
multiple et changeante, et les diverses floraisons qu'elle
fait naître ont heureusement plus d'un printemps.

4

II

Proposition pour la réforme de l'enseignement supérieur rédigée en 1872 (1).

PARTIE GÉNÉRALE.

Les quatre Facultés principales doivent être, au moins à Paris, et, en attendant plus, à Lyon, Bordeaux, Montpellier, peut-être Rennes, réunies en corps ou universités.

Ces universités recevront une personnalité civile mixte et auront un budget qu'elles règleront elles-mêmes, sauf l'approbation du Ministre, le Conseil de perfectionnement entendu, et sous le contrôle de la Cour des Comptes.

Le budget de l'université a pour sources de recettes : 1º les subventions de l'Etat ; 2º les produits des droits d'inscription et d'examen ; 3º les subventions des communes et des départements ; 4º les dons ou legs ; 5º les propriétés de l'Université.

Leur administration, en tant que corps enseignants, est soumise au contrôle de l'Etat représenté par le Rec-

---

(1) Cette proposition, rédigée à la suite des conférences, tenues chez M. Renan, dont il a été parlé plus haut, comprenait une *Partie générale*, une partie concernant la Faculté des lettres et une autre concernant la Faculté de droit. Je ne donne pas cette dernière, étrangère au sujet de cette brochure. — Parmi les idées contenues dans cette proposition, dont j'ai dit le caractère mixte et transactionnel, celles qui me semblent aujourd'hui encore les plus utiles et les plus pratiques sont la distinction des deux classes de professeurs, la création des cours privés (et conférences) payants à côté des cours publics, la détermination des rapports des examens de la Faculté des lettres avec les examens d'Etat.

teur de l'Académie dans le ressort duquel elles sont établies.

Il est institué auprès du Ministère un Conseil de perfectionnement de l'enseignement supérieur de l'Etat qui juge en dernier ressort les questions litigieuses.

Le Conseil de chaque université, renouvelable tous les ans, se compose : 1º des doyens des quatre Facultés ; 2º de délégués de chacune d'elles, dans des proportions et des conditions à déterminer.

Ce Conseil nomme tous les ans le chancelier, pris à tour de rôle dans chacune des quatre Facultés. Le Chancelier préside le Conseil et représente l'université auprès de l'Etat.

Chaque Faculté nomme tous les trois ans son doyen, qui l'administre sous la surveillance du chancelier et du Conseil. Le doyen ne peut être réélu immédiatement qu'une seule fois. Il est nécessairement choisi parmi les professeurs titulaires.

Le tableau des cours est arrêté pour chaque semestre dans l'assemblée des professeurs de chaque Faculté. Le doyen veille à ce que l'ensemble de l'enseignement que doit donner la Faculté soit représenté dans les cours. Ce tableau doit être approuvé par le Conseil de l'université, et est soumis au visa du Conseil de perfectionnement.

Chaque Faculté se compose :
1º De professeurs titulaires ;
2º De professeurs adjoints (ou agrégés).

En outre, tout docteur peut, dans des conditions qui seront déterminées par chaque université pour chaque Faculté, être autorisé à faire des cours ou conférences, pour lesquels il ne reçoit pas de traitement, dans les locaux universitaires.

Par exception, et en motivant cette exception, l'université ou le Ministre peuvent donner la même autorisation à une personne non pourvue du grade de docteur.

Par exception également motivée, l'université peut voter et le Ministre peut accorder une allocation pour un cours de cette nature.

L'autorisation donnée aux docteurs doit être renouvelée chaque année.

Les professeurs titulaires et adjoints sont nommés par le Ministre, sur une double présentation faite d'un côté par l'université, de l'autre par le Conseil de perfectionnement. Ils doivent être docteurs ; cependant, sur la proposition de l'université, approuvée par le Conseil de perfectionnement, ils peuvent être dispensés de ce titre.

Provisoirement, et pendant une période de cinq ans, les professeurs pourront être nommés par le Ministre directement, et il ne sera pas nécessaire qu'ils soient docteurs.

Dans les assemblées de chaque Faculté, qui ont lieu régulièrement au commencement et à la fin de chaque semestre, et peuvent en outre être convoquées par le doyen quand il le juge convenable, les professeurs titulaires et adjoints votent suivant des règles à déterminer pour chaque université.

Chaque Faculté compte un certain nombre de chaires ayant un titre spécial et occupées par les professeurs titulaires. Les professeurs adjoints n'ont pas nécessairement de titre spécial, et peuvent enseigner ce qu'ils veulent dans le cadre de la Faculté à laquelle ils appartiennent, sauf approbation du doyen et du Conseil universitaire.

Des chaires à titre spécial peuvent être fondées, soit par les villes ou les départements, soit par des particuliers, pour des professeurs adjoints. Ces fondations doivent être approuvées par l'État, sur la proposition de l'université, transmise par le Conseil de perfectionnement. Le Conseil décide si les conditions imposées par les fondateurs sont acceptables. Ces conditions peuvent être admises, même si elles déterminent un mode spécial de nomination aux chaires ainsi fondées.

L'enseignement comprend :
1° Des cours publics ;
2° Des cours privés ;
3° Des conférences.

Les cours publics sont ouverts à tous les étudiants de l'université ; ceux que font les professeurs titulaires peuvent, sur leur demande, être ouverts au public extérieur.

Les cours privés ne sont ouverts qu'aux étudiants qui ont acquitté les droits d'inscription afférents à chaque cours ou qui en ont été dûment dispensés.

Les conférences ne sont ouvertes qu'aux étudiants que le professeur juge bon d'y admettre, et qui ont acquitté les droits d'inscription.

Toute personne désireuse de suivre des cours sans être étudiant peut, sur sa demande, être autorisée à le faire dans les mêmes conditions que les étudiants.

Les professeurs, titulaires ou adjoints, sont astreints à faire, pendant la durée des cours, un nombre de leçons publiques à déterminer.

En dehors des leçons publiques, tous les professeurs ont le droit de faire des cours privés ou des conférences. Ces leçons supplémentaires sont payées par les auditeurs inscrits ; la répartition du produit des inscriptions entre l'université, la Faculté et les professeurs sera réglée pour chaque Faculté et ne pourra être modifiée que par le Ministre, sur l'avis du Conseil de perfectionnement.

Les docteurs autorisés perçoivent la même part que les professeurs dans le produit des inscriptions prises à leurs cours privés ou conférences. Ils peuvent aussi, s'ils le veulent, faire des cours publics gratuits.

La question des droits d'examen est réservée.

4.

Le taux des droits d'inscription à payer sera détermin**é** dans le décret qui instituera chaque université et **ne** pourra être modifié que sur la proposition de l'université et sur l'avis conforme du Conseil de perfectionnement.

A Paris, les professeurs du Collège de France, du Muséum, de l'Ecole Normale, de l'Ecole Polytechnique, de l'Ecole pratique des hautes Etudes, de l'Ecole des Chartes, de l'Ecole des Mines, de l'Ecole des Ponts et Chaussées, de l'Ecole des Langues Orientales vivantes, de l'Ecole des Beaux-Arts, du Conservatoire des Arts et Métiers, peuvent faire des cours privés et des conférences rattachés aux cours des Facultés, annoncés sur la même affiche et rétribués dans les mêmes conditions. Les matières traitées dans ces cours peuvent, comme les autres, être choisies par les étudiants pour la partie facultative des examens.

Pour être étudiant de la Faculté des lettres ou des sciences, il faut :

1° Avoir passé l'examen d'entrée ou demi-baccalauréat ;

2° Se faire inscrire sur les registres de la Faculté et acquitter un droit fixe à déterminer.

Pour être étudiant de la Faculté de droit, il faut :

1° Etre bachelier ès-lettres (exceptionnellement et sur autorisation ministérielle, le baccalauréat ès-sciences pourra suffire) ;

2° Se faire inscrire et acquitter un droit.

Pour être étudiant de la Faculté de médecine, il faut :

1° Etre bachelier ès-sciences ;

2° Se faire inscrire et acquitter un droit.

Pour les étudiants étrangers la première de ces conditions n'est pas exigée.

Les étudiants reçoivent un livret sur lequel ils doivent inscrire les cours qu'ils suivent. Ces livrets sont visés par

le professeur à l'ouverture et à la clôture de chaque semestre.

Les étudiants sont en outre inscrits sur des registres
déposés au Secrétariat de la Faculté pour chaque cours.
Cette inscription n'a lieu, pour les cours privés ou conférences, que contre le paiement des droits afférents.

Les droits à acquitter pour les cours privés ou conférences peuvent être remis à l'étudiant pour un temps
plus ou moins long, dans des conditions à déterminer.
Il en est de même des frais d'examen, qui sont à fixer pour
chaque Faculté,

L'Etat, les départements, les villes et les particuliers
peuvent fonder auprès de chaque université des bourses
dont le chiffre et les conditions sont variables. Ces fondations, lorsqu'elles n'émanent pas de l'Etat, doivent être
approuvées, après proposition de l'université, par le Conseil de perfectionnement.

L'Etat ou les fondateurs pourront réunir plusieurs
boursiers dans des établissements où ils seront soumis à
une discipline commune.

Tant à l'égard de ces établissements que des étudiants
libres, les universités pourront prendre des mesures gé-
nérales de discipline et d'ordre qui devront être approuvées par le Conseil de perfectionnement.

DE LA FACULTÉ DES LETTRES.

La Faculté des lettres compte au moins cinq chaires
à titre spécial : celles de Philosophie, Histoire, Grec, Latin et Français. Des décrets spéciaux à chaque université peuvent en instituer d'autres (par exemple : Archéologie, Géographie, Histoire de France, Grammaire
comparée, Langues sémitiques, Philologie romane, Ancien français, Allemand, Anglais). Les chaires qui por-

tent un titre de langue comprennent l'enseignement de littérature et de la langue.

Le nombre des professeurs adjoints de chaque Faculté des lettres est variable. La Faculté peut proposer au Ministre de l'augmenter, après avis conforme du Conseil universitaire et du Conseil de perfectionnement.

La Faculté des lettres fait passer trois examens : le baccalauréat, la licence et le doctorat.

Elle prépare en outre à l'examen d'Etat pour l'enseignement secondaire, examen auquel on ne peut se présenter qu'après trois ans de fréquentation des cours de la Faculté.

Le baccalauréat ès lettres se divise en deux épreuves. La première est subie par les jeunes gens qui veulent être étudiants de la Faculté. Elle consiste essentiellement en une version latine (et peut-être grecque) et un court examen oral portant sur l'histoire, la géographie, une langue vivante et une partie scientifique à déterminer. On ne peut s'y présenter, sans dispense, qu'à 17 ans révolus.

La seconde épreuve n'est ouverte qu'aux étudiants qui ont passé deux semestres à la Faculté, pendant chacun desquels ils ont été inscrits et assidus à cinq cours ou conférences au moins. Elle porte nécessairement sur la langue et la littérature latine, la langue et la littérature française moderne et l'histoire moderne, et en outre sur deux des spécialités dont la liste sera officiellement publiée chaque année, au choix du candidat.

Le diplôme de bachelier ès-lettres est nécessaire pour se présenter à l'Ecole des Chartes. Il est en outre à désirer qu'on l'exige pour être admis dans certaines administrations.

L'examen de licence ès-lettres n'est ouvert qu'aux bacheliers ès-lettres qui, depuis leur examen, ont passé au moins deux semestres à la Faculté des lettres avec inscription et assiduité à cinq cours ou conférences.

Il se compose d'une partie écrite comprenant une composition latine et une composition française, et d'une partie orale comprenant nécessairement le grec, le latin, le français, l'histoire, et en outre trois spécialités choisies par le candidat sur la liste dressée chaque année.

Le diplôme de licencié ès-lettres est nécessaire pour se présenter à l'Ecole normale (section des lettres), et pour être chargé de cours dans l'enseignement secondaire.

L'examen d'Etat, qui donne accès aux fonctions de l'enseignement secondaire dans les lycées, doit être réglé par l'Etat. Il est dirigé par une Commission nommée par le Ministre. Il faut pour s'y présenter être licencié ès-lettres depuis un an au moins, et avoir passé depuis l'examen deux semestres à la Faculté, dans les conditions indiquées plus haut.

L'examen de docteur n'est ouvert qu'aux licenciés ès-lettres qui, depuis leur examen, ont passé, sauf dispense, au moins quatre semestres à la Faculté dans les conditions indiquées. — Il peut s'être écoulé un espace de temps illimité entre le moment où le licencié a quitté la Faculté et celui où il se présente au doctorat.

Le doctorat se compose : 1º d'une thèse ou mémoire scientifique sur un sujet choisi par le candidat et approuvé par le doyen ; ce mémoire est imprimé, après lecture faite du manuscrit par un professeur titulaire ou adjoint désigné par le doyen ; chaque exemplaire imprimé porte l'approbation de ce professeur signée par lui et visée par le doyen ;

2º d'une épreuve publique, consistant dans la soutenance par le candidat des idées ou des opinions émises dans sa thèse, ainsi que d'un certain nombre de positions relatives au sujet de ses études, et imprimées à la suite de sa thèse.